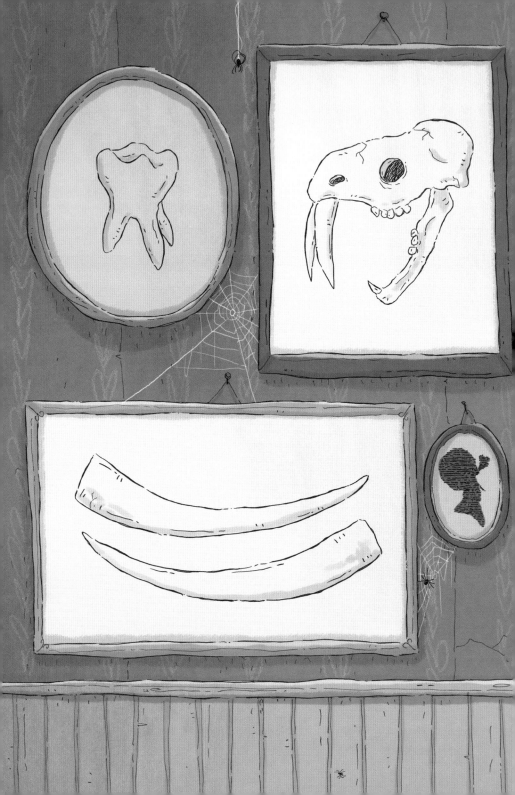

瑪格達萊娜·海依（Magdalena Hai）

一位生活在芬蘭馬斯庫鎮（Maskun）森林裡的童書作家。
是奇異事物的愛好者，她認為就算長大成人，也不該停止玩耍。
其作品跨流派，經常結合科幻、奇幻和恐怖的元素。

曾榮獲芬蘭文學出口獎（Finnish Literary Export Prize），
芬蘭兒童和青少年文學獎（Finlandia Prize for Children's and Youth Litetature）
以及北歐兒童青少年文學獎（Nordic Council Children
and Young People's Literature Prize）提名。
著有《惡夢雜貨店》、《乞丐公主》等。

提姆·尤哈尼（Teemu Juhani）

芬蘭插畫家、圖畫書製作人和漫畫藝術家，插圖作品可見於 30 多個國家。
除了童書外，提姆同時出版插畫雜誌和教材。

PAINAJAISPUOTI
HAMPAAT HUKASSA

歡迎光臨惡夢雜貨店

弄丟牙齒的吸血鬼

晨星出版

屁沙，
雜貨店幽靈

- 心地善良的幽靈
- 相當於人類年齡十歲
- 幾年前，在一一場放屁笑話和炸魚條引起的意外中不幸過世（我們要小心有關放屁的笑話！還有炸魚條！）

妮妮，
雜貨店小幫手

- 鬼靈精怪的九歲小女孩
- 個性非常固執……才不是，是意志力堅定
- 非常喜歡小貓咪和酸溜溜的糖果

章魚怪羅利斯，
雜貨店吉祥物

- 聰明絕頂的章魚
- 老闆怪爺爺的怪寵物，可不是嗎？
- 沒有一個地方能逃得過牠那滑溜溜的觸手

盧阿光，吸血鬼

- 102歲的單身漢
- 喜歡飛行，還有所有紅寶石顏色的東西
- 害怕看牙醫和尖尖的木樁

怪爺爺，雜貨店老闆

- 非常古怪的老紳士
- 留著像海象一樣的鬍子
- 經常在自己的店裡迷路

伊爾瑪奧斯特瓦，冰淇淋小販

- 愛死了各式各樣的冰淇淋
- 染了一頭像彩虹般繽紛的髮色
- 有時候會夢到肉餡餅大口吃掉女士們的惡夢（看來也要小心肉餡餅！）

甜蜜一咬

妮妮在惡夢雜貨店工作的
第一天終於結束了。

她總共
刷了十桶幽靈黏液，

在巫毒娃娃身上
插了數也數不清的針，

還擦亮了所有
咯咯笑個不停的骷顱頭。

她得到了一枚閃閃發光
的銀幣作為辛苦工作的獎勵。

妮妮最大的願望是買一輛
腳踏車，雖然這一點錢還
不夠買輛腳踏車，但是讓
她買支冰淇淋絕對
綽綽有餘！

當ㄉㄤ妮ㄋㄧ妮ㄋㄧ走ㄗㄡ到ㄉㄠ伊ㄧ
爾ㄦ瑪ㄇㄚ奧ㄠ斯ㄙ特ㄊㄜ瓦ㄨㄚ的ㄉㄜ冰ㄅㄧㄥ
淇ㄑㄧ淋ㄌㄧㄣ攤ㄊㄢ時ㄕ……

好ㄏㄠ噁ㄜ啊ㄚ！

「救ㄐㄧㄡ命ㄇㄧㄥ啊ㄚ！
救ㄐㄧㄡ命ㄇㄧㄥ啊ㄚ！」伊ㄧ爾ㄦ瑪ㄇㄚ大ㄉㄚ聲ㄕㄥ
尖ㄐㄧㄢ叫ㄐㄧㄠ喊ㄏㄢ道ㄉㄠ。

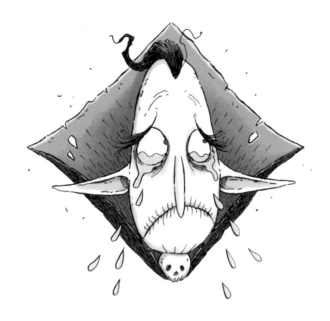

「這個尖叫聲是到底發生什麼事了？」妮妮驚呼道。

「對不起，」吸血鬼說著說著就哭了起來。「我是全世界最糟糕的吸血鬼！因為我把我的牙齒都弄丟了。」

「我好端端一個做事光明磊落的人，居然遭遇這種事！」伊爾瑪氣呼呼地說道。

「你最好在伊爾瑪發脾氣之前跟我走。」妮妮對吸血鬼說道。

不幸的夜晚

在惡夢雜貨店裡妮妮探頭仔細看了吸血鬼的嘴。千真萬確！這個吸血鬼真的一顆牙齒都沒有！

「我叫盧阿花。」吸血鬼害羞地說道。

「盧阿花？」妮妮問道，不過她馬上就懂了[1]。「啊，你是叫盧阿光！你是怎麼把牙齒弄丟的？」

「有一天晚上，我在飛行的時候，不知道撞到了什麼東西，結果撞傷自己的頭，整個人暈了過去。」吸血鬼說道：「我醒來之後，就發現自己的牙齒都不見了！」

---

1 吸血鬼沒
有牙齒，所
以發音聽
不太清楚。

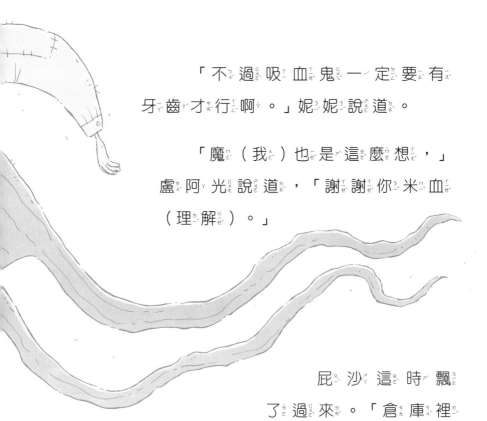

「不過吸血鬼一定要有牙齒才行啊。」妮妮說道。

「魔（我）也是這麼想，」盧阿光說道，「謝謝你米血（理解）。」

屁沙這時飄了過來。「倉庫裡或許可能有假牙？」他提議道。

只要提到牙齒，吸血鬼阿光就會大聲抽泣。

「好點子！」妮妮鼓舞道。「這家店牙品非常齊全……呃，我的意思是貨品非常齊全，應有盡有。走吧，我們一起去問問怪爺爺！」

怪爺爺正忙著其他事情。

「到底是誰在我的平底鍋裡煎蝙蝠？」他想了又想，接著開始咬牙刷洗平底鍋。

「絕對不是我！」屁沙回答道。

「當然也不是我！」妮妮斬釘截鐵地說。

「我只會掀（煎）一些血糕，」阿光害羞地說。「母后（不過）如果我……我還能吃一點點……我只是……我只是……」阿光說著說著，又開始哭泣了起來。

膽小鬼屁沙

「怪爺爺，哪裡可以找到給阿光……咀嚼用的東西呢？」妮妮問道。

「不知道閣樓裡還有沒有？」怪爺爺笑著說道。「那裡有我收藏的牙齒，牙套、橡膠牙齦等等，或許你們可以在那裡找到合適的假牙。」

「真是太好了！那我們就去那裡找找吧！」妮妮興奮地說道。

「要小心那些牙妖精，」怪爺爺在他們身後喊道。「每年這個時候，他們都特別愛搗蛋。」

屁沙聽了臉色瞬間變得慘綠。

「我有點怕牙妖精。」

「有什麼好怕的？」妮妮一臉疑惑地問道。「他們不是非常的小嗎？」

「但是他們非常壞，」屁沙抱怨道。「而且我還得整理二樓的衣帽間……」

妮妮還沒來得及說什麼，屁沙

就已經穿進身旁的那道牆裡，整個消失不見了。牆上只留下一坨綠色的幽靈黏液。

「現在只剩下我們兩個能完成這件事了。」吸血鬼說道。

小心牙妖精！

「哈囉？」妮妮在閣樓樓梯口大聲喊道。「有人在嗎？」

「那……那些喵喵星（牙妖精）很可怕嗎？」阿光問道，他的牙齦不停地咯咯作響。

「這還用說嘛！」妮妮氣噗噗地說道。「他們只是非常的……喔糟糕！真是令人咬牙切齒！牙妖精霸占了所有的牙齒收納罐！」

妮妮抓起一支大掃把，開始瘋狂地大力揮舞。「走開，快走開，你們這群壞蛋！」

他們的小尖牙和小妖爪緊緊抓著罐子不放，妮妮花了好一會兒功夫才把這群牙妖精給趕走。在趕走這群牙妖精之後，妮妮在灰塵底下發現了……一本書？「這是什麼東西啊？」妮妮感到十分好奇。

「鼻屎上的吸血鬼。」阿光唸出書名。

「歷史。」妮妮糾正他。

「我就是這麼摸（說）的！」

「這是怪爺爺的書。」妮妮回想道。「真噁心，整本書都溼溼黏黏的！」

「這裡一定發生了什麼奇怪的事。」阿光說道，他的臉色變得非常慘白。

妮妮和阿光終於可以開始試戴不同的假牙了，妮妮將試戴的結果仔細記錄下來：

藏不住的愛意

　　找不到一副適合盧阿光的牙齒。

　　「你為什麼要咬伊爾瑪？你想對她以牙還牙嗎？」

　　「嚇嚇（恰恰）相反！我，我……」吸血鬼阿光結結巴巴地說道。「我想，我有一點喜歡伊爾瑪。」阿光表情如癡如醉地輕嘆道。

「魔門（我們）在幾年前的捐血活動上恩賜（認識）鼻屎（彼此）的。花（她）的血管是如此的牡蠣（美麗）。」

「但你不該就這樣咬吻她啊！」妮妮責備道。

「你一直都是個吸血鬼嗎？」妮妮邊走下樓邊問道。

「沒錯，從我有記憶以來就是了。」阿光回答道。

「當吸血鬼一定超酷的，對吧？」

「不一定！有時候我只是打個悶氣（噴嚏），就會有很多配合（飛蛾）——哈啾！就像車（這）樣！真的是太光光（尷尬）了，」阿光有點尷尬地解釋道：「特別是花生（發生）在踢（第）一次狒狒（約會）的時候……」

眞是一團糟！

突然間，屁沙一股勁地撲向他們。這個店鬼實在是太焦急了，以至於不小心在店內四處留下一坨又一坨的幽靈黏液。

「有人把二樓弄得亂七八糟的。」屁沙大聲喊道。

「喔！不會吧！」妮妮嘆道。

「車（這）裡總是這麼壞（亂）嗎？」阿光一臉驚訝地問道。

「快點來！」屁沙心急地催促道。

整個衣帽間看起來真是一團糟。就在這個時候怪爺爺也來了：「屁沙！你到底做了什麼？你應該要整理這個房間，而不是把這裡搞得亂七八糟的！」

屁沙緊咬著嘴唇。

「不是我！」

「不是我做的！」店鬼呻吟吶喊。

「不是他，因為這裡的黏液顏色不是綠色的。」妮妮特別強調這點。

「有什麼東西不見了嗎？」
妮妮詢問道。屁沙想了一會兒。

「怪爺爺的復古歌劇斗篷。
就是華麗的天鵝絨所縫製的，
有血紅色襯裡的那一件。」

「還有大蒜！」怪爺
爺生氣地埋怨道。

「什麼大蒜？」妮妮困惑地問道。

「某個壞蛋還偷走放在廚房裡的大蒜。」怪爺爺非常憤怒地說道。

「不，絕對不是我做的。」吸血鬼阿光搖搖頭，感到噁心地解釋道。

怪爺爺、妮妮、屁沙和吸血鬼阿光全都走到惡夢雜貨店的廚房裡。平時總是掛在廚房裡的那串大蒜，真的消失不見蹤影了。

　　「沒有大蒜我就不可能煮得出惡夢義大利麵了！」怪爺爺絕望地喊道。

　　妮妮掀開垃圾桶，並說道：「大蒜就在這裡面！為什麼有人要把它們丟掉？」

　　「到底會是誰做的呢？」屁沙非常想知道。

　　就在這個時候，惡夢雜貨店的門鈴響了。

粉撲之謎

門後站著冰淇淋小販伊爾瑪。「我想投訴，」她解釋道。「我的冰淇淋攤裡發生了竊盜案！」

「那裡也遭小偷？」其他人異口同聲地喊道。

「有人偷走了我的一盒粉餅和粉撲，」

伊爾瑪手指著盧阿光，口氣充滿指責。「絕對是他偷走的，他的皮膚看起來那麼蒼白！」

「我的臉生來就這麼昂派（蒼白）。」盧阿光傷心地解釋道。

「喔！你這個牛奶色的大騙子！」伊爾瑪說道，並且憤怒地哼了一聲。

吸血鬼盧阿光感到十分驚訝。

「去年萬聖節我帶你一起歡（玩）不給糖就好爛（搗蛋）時，你並不是這樣認為的啊。」

「但是，到了半夜你就突然消失不見了。」伊爾瑪拉開嗓門，尖聲說道。

「呃，這個……後來花生（發生）了有點光光（尷尬）的事……」

「呸！」伊爾瑪哼了一聲，生氣地把臉朝向天花板。

妮妮靈機一動

　　當伊爾瑪和盧阿光在爭吵的時候，妮妮正在閱讀那本有關吸血鬼的書。然後她拿出一本筆記本，並且開始寫下：

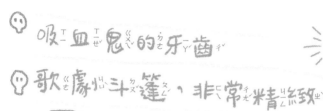

惡夢雜貨店
不見的東西：

- 💀 吸血鬼的牙齒
- 💀 歌劇斗篷，非常精緻華麗
- 💀 大蒜被丟在垃圾埇裡
- 💀 伊爾瑪的粉餅和粉撲

- 💀 歷史上的吸血鬼，（找到時帶點爸爸的）
- 💀 一些人的理智（可能再也找不到了）

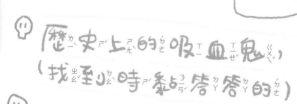

伊爾瑪

「現在事情變得有點頭緒了。」妮妮宣布道。「很明顯的，小偷一定是個……黏答答的假吸血鬼！」

「喔天啊！」阿光大吃一驚地喊道。

「我的老天爺！」怪爺爺喃喃自語地輕聲說道。「這聽起來很危險！」

「而且也很噁心！」屁沙喊道。

黏答答的吸血鬼

就在此時此刻，一個蒼白、披著天鵝絨斗篷的東西跳到地板上，然後又快速地消失在陰影中。

「好噁！」伊爾瑪尖叫了一聲。「那個黏答答的吸血鬼來了！」

「伊爾瑪，我會保護你的！」盧阿光大聲說道。

「謝謝，但不用。」伊爾瑪哼了一聲。「我自己的粉撲自己救！」

50

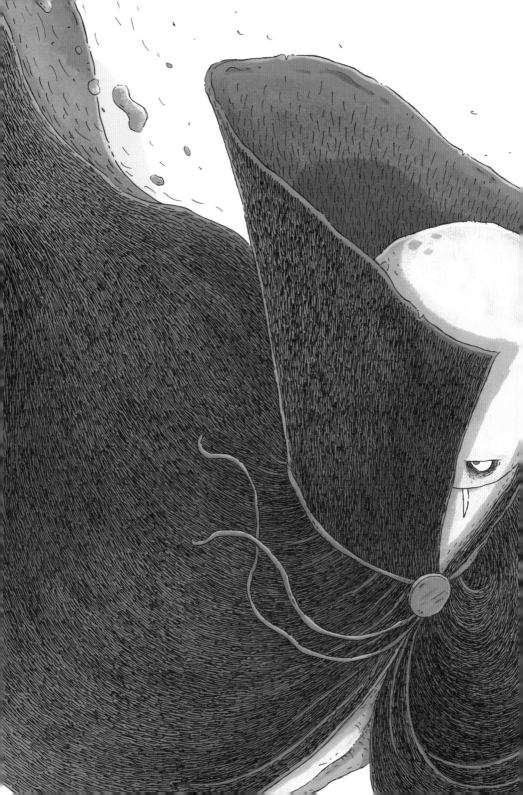

一群人在惡夢雜貨店到處追逐那個假吸血鬼，找遍每個角落和走廊。但是他跑得非常快，肯定有八隻腳！

　　最後屁沙停下腳步，氣喘吁吁地說：「這樣行不通的。」

　　「先不要一口咬定，不要放棄。」妮妮說道。

　　「我想我知道他跑到哪裡了。」

　　「你怎麼會知道？」屁沙一臉疑惑。

　　「因為我剛剛知道那個傢伙是誰了！」妮妮得意洋洋地說道。

正在睡美容覺，
請勿打擾！

落入法網的壞蛋

　　這場小偷追逐鬧劇來到了章魚怪羅利斯的房門口。

　　「以法律之名，開門！」妮妮大聲喊道。

　　「唉。」羅利斯無奈地嘆了口氣，然後打開房門。

　　「羅利斯！」怪爺爺責罵喊道。

　　「原來這全都是你做的嗎？」

　　「霹哩嚕！」羅利斯怪聲怪調地回答。

「現在馬上交出所有你偷走的東西！」妮妮語氣堅定地說道。

羅利斯嘟噥埋怨了一下，不過還是乖乖地交還所有他拿走的寶貝。只不過現在粉撲已經變得又髒又黏了！

「我想羅利斯並沒有惡意。」怪爺爺解釋道。「他應該是在讀了那本有關吸血鬼的書後，一時變得太過異想天開了。」

「不是盆盆（人人）都可以當吸血鬼的。」盧阿光嘀咕道。

　　在羅利斯的床頭櫃上找到了吸血鬼盧阿光的牙齒。

　　「你可以拿回你的牙齒，不過條件是你不可以再試著去咬吻伊爾瑪。」妮妮對盧阿光說道。

　　盧阿光臉紅了。「我保證並且發誓絕對不會。」

伊爾瑪擺弄著自己的手帕，嘟噥地說著一些話。

「你說什麼？」妮妮問道。

「沒什麼啦，我只是說吻並不是什麼特別嚴重的事情，只不過需要先徵求人家的同意才行。」

「為了感謝大家的幫忙，我請各位吃大份的冰淇淋！」伊爾瑪宣布道。

妮妮決定要吃兩球獨角獸嘔吐風味的魔幻冰淇淋，怪爺爺則選了一球炫風葡萄乾口味的。另外，屁沙則是得到一份幽靈白香草冰淇淋。「你要什麼口味的？」伊爾瑪問吸血鬼。

「請給我紅寶石血光。」盧阿光回答道。

「哇，如此美麗的鮮紅色。」

吸血鬼阿光悄悄地對妮妮說：「就跟伊－爾瑪的血一樣美麗。不過別跟伊－爾瑪說，她會嚇壞的。」

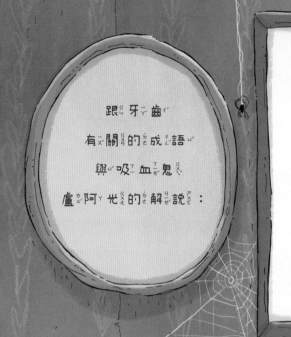

跟牙齒
有關的成語
與吸血鬼
盧阿光的解說：

全牙武裝

有些人的皮膚特別粗糙堅硬。 這時候吸血鬼就必須到牙醫專科診所裝牙套，才能避免吸食時不小心將牙齒弄歪變形。

伶牙俐齒

用短小的牙齒咬人很困難，而且會搞得一團糟。 長牙齒則值得一試，因為牙齒是中空的，還可以拿來當吸管使用。

（ 咕嚕咕嚕！ ）

淚流滿面 咬牙切齒

當試圖咬身穿盔甲的騎士時就會發生的事。

咬緊牙關

這不是很有禮貌。一位技術高超的吸血鬼吸血時輕輕的，幾乎難以察覺，就像被蚊子咬到一樣，只不過沒有留下搔癢的腫包。

切齒之痛

就像人類的鎖骨一樣。當受害者瘦到只剩下皮包骨的時候，就會發生這樣的情況。這對雙方都是一件相當尷尬的事。

歡迎光臨惡夢雜貨店

可怕的癢癢粉

進入神祕的魔幻商店，展開一連串不思議的挑戰

為了湊錢買輛夢想的腳踏車，
妮妮來到誠徵幫手的「惡夢雜貨店」。

妮妮被櫥窗上擺設的巫毒娃娃吸引，
走進店裡卻發現老闆在地板上發狂地笑個不停。

妮妮想應徵工作卻深感冒犯，這時綠油油的幽靈冒了出來，
原來是老闆中了可怕的癢癢粉，
必須幫老闆找出解藥 ──
「不再癢癢粉」才能順利完成面試。

吞下世界的貓

貪婪造成的破壞力巨大，
微小純真的信念，也具有無窮的力量

一個瘦小的女孩，遇上了肚子咕嚕咕嚕叫著的大黑貓，
貓兒已經吃掉了很多東西，還是止不住飢餓，
他也想把眼前這個比他腳爪還要小的女孩給吃了。

女孩求貓兒給她一天的時間，她會在一天內幫他找到食物，
但若一天後仍未找到可以取代女孩的食物，
黑貓將會吃掉她 ......

2024 年 4 月出版

國家圖書館出版品預行編目 (CIP) 資料

歡迎光臨惡夢雜貨店；弄丟牙齒的吸血鬼/瑪格達萊娜·海依 (Magdalena Hai) 著；提姆·尤哈尼 (Teemu Juhani) 繪；
陳綉媛 譯. —— 初版. —— 臺中市：晨星出版有限公司, 2024.03
面；14.8*21公分. —— (蘋果文庫；159)
譯自：Painajaispuoti Hampaat hukassa
ISBN 978-626-320-774-5 (精裝)

CIP 881.1596　　　　113000997

蘋果文庫 159

歡迎光臨惡夢雜貨店：弄丟牙齒的吸血鬼
Painajaispuoti Hampaat hukassa

作者——瑪格達萊娜·海依 (Magdalena Hai)

繪者——提姆·尤哈尼 (Teemu Juhani)

譯者——陳綉媛

編輯：呂曉婕

封面設計：鐘文君 | 美術編輯：鐘文君

創辦人：陳銘民 | 發行所：晨星出版有限公司
407 台中市工業區 30 路 1 號 | TEL：(04) 23595820 | FAX：(04) 23550581
Email：service@morningstar.com.tw
行政院新聞局局版台業字第 2500 號 | 法律顧問：陳思成律師

讀者服務專線：(02) 23672044 / (04) 23595819#212
讀者傳真專線：(02) 23635741 / (04) 23595493
讀者專用信箱：service@morningstar.com.tw
晨星網路書店：http://www.morningstar.com.tw
郵 政 劃 撥：15060393 (知己圖書股份有限公司)
印　　　刷：上好印刷股份有限公司

初版日期：2024 年 03 月 15 日
ISBN：978-626-320-774-5
定價：新台幣 350 元